照井翠句集
文庫新装版

# 龍宮 RyuGu

句集　龍宮　目次

# 龍宮

照井翠 句集

# 泥の花

七十五句

喪へばうしなふほどに降る雪よ

黒々と津波は翼広げけり

家どれも一艘の舟津波引く

海神の陰《ほと》まで波の引きにけり

漂流す春満天の星のもと

方舟の善民はみな呑まれけり

津波より生きて還るや黒き尿

# 泥の底繭のごとくに嬰《やや》と母

脈うたぬ乳房を赤子含みをり

# 双子なら同じ死顔桃の花

御くるみのレースを剝げば泥の花

# ランドセルちひさな主喪ひぬ

涙にて泥ほとびゐる子の亡骸

避難所に漁火渡し眠りけり

ボンボンと死を数へゆく古時計

春灯のひとときは燃えて尽きにけり

春の星こんなに人が死んだのか

# 在るはずの町眼裏に雪が降る

若布浸す桶に身体を沈めけり

喉奥の泥は乾かずランドセル

顔を拭くタオルに雪を集めけり

地震《なゐ》のたび近くなる海蘆の角

御仏の合掌の泥拭ひけり

# 三・一一　民は国家に見捨てらる

茨の芽旗に書置く仮宿り

# なぜ生きるこれだけ神に叱られて

毛布被り孤島となりて泣きにけり

# 剝製の鹿と人間泥の穴

朧夜の首が体を呼んでをり

生きてゐる瓦礫の湿り春の月

津波引き女雛ばかりとなりにけり

瓦礫より何か拾へりつばくらめ

潮染みの雛《ひひな》の頬を拭ひけり

# 朧夜の泥の封ぜし黒ピアノ

冥土にて咲け泥中のしら梅よ

つばくらめ日に日に死臭濃くなりぬ

梅の香や遺骨無ければ掬ふ泥

瓦礫脱けし蜘蛛に広がる焼野かな

石楠花の蕾びつしり枯れにけり

一列に五体投地の土葬かな

気の狂《ふ》れし人笑ひゐる春の橋

# 安置所の読経の低しつばくらめ

もう何処に立ちても見ゆる春の海

何もかも流して澄める春の川

しら梅の泥を破りて咲きにけり

地球とは何　壊しては雪で埋め

泥掻くや瓦礫を己が光とし

彼岸雪土葬の土を被せけり

牡《ぼう》丹《たん》の死の始まりの蕾かな

死の川の底に緑の差し初めぬ

春昼の冷蔵庫より黒き汁

春光の影となるものなかりけり

三・一一神はゐないかとても小さい

春の海もう一秒も進まない

水草生ふ為す術もなくすべもなく

唇を嚙み切りて咲く椿かな

漂着の函を開けば春の星

見えてゐて進めぬ径や花茨

春は壁乗り越えなくていいですか

# 蒲公英が絮になつたら甦る

ありしことみな陽炎のうへのこと

それぞれに魂を乗せ鳥帰る

水澄し水輪はみづに還りけり

さよならを言ふために咲く桜かな

花の屑母の指紋を探しをり

卒業す泉下にはいと返事して

水面にも映らぬ花となりにけり

# ひとりまたひとり加はる卒業歌

花の冷吐らずにただ抱きしむる

骨壺を押せば骨哭く花の夜

春の虹半分負つてくれますか

花冷や海は途方に暮れしまま

花吹雪耳を塞いでゐたりけり

逢へるなら魂にでもなりたしよ

一切を放下の海や桜散る

# 冥宮

五十七句

屋根のみとなりたる家や菖蒲葺く

生きてをり青葉の雫頬に享け

籠り居る小窓八十八夜寒

傾けて水零れけり花菖蒲

北上川の青蘆の丈長き髪

いま母は龍宮城の白芙蓉

撫子のしら骨となり帰りけり

焼跡や瓦礫の色のクレマチス

消息の幽かな虹のたちにけり

無住にて無彩の村の山躑躅

ほととぎす最後は空があるお前

澄みかけてまた濁りゐる泉かな

# 狂人のもの食へる黙《もだ》半夏生

木下闇鳥に托卵てふ子捨て

蝸牛悲しい径を引受ける

# 手作りの網戸の隙間神父室

七日ゐて八つの葬儀日雷

トンネルの奥の万緑閉ぢきらる

天の川ぐにやりと曲り起つ鉄路

蝶の逝く摑みし巌に摑まれて

カンパニュラ心の穴は塞がらぬ

朝顔は天界の色瓦礫這ふ

蜉蝣の陽に透くままに交はりぬ

八月や乾きて反れる献魚台

空蟬のどれも己に死に後る

蟻しきりに顔搔き耄るなくならぬ

初螢やうやく逢ひに来てくれた

釜石はコルカタ　指より太き蠅

蜩の流れやまざる樹液かな

いい人ほど虹を渡っていった

漁火や海に逝きしは海に棲む

蟇千年待つよずつと待つよ

蓮の葉の風に抱かるるたび捲れ

盆近しどれも亡骸無き葬儀

積みあげて継ぎはぎの墓洗ひをり

この辺り我が家と思ふ門火かな

遺されし赤子が主走馬灯

莩殻焚くゆるしてゆるしてゆるしてと

迎火や潮の匂ひの新仏

盆の朝迎ふる者のなかりけり

同じ日を刻める塔婆墓参

新盆の目礼のみとなりにけり

この土手もあの日は海や川施餓鬼

盆イタコ　第二波だつた案ずるな

面つけて亡き人かへる薪能

外の輪は脚の無き群盆踊

灯を消して魂わだつみへ帰しけり

流灯にいま生きてゐる息入るる

大花火蘇りては果てにけり

蟻穴にみな削がれつつ呑まれけり

# 人類の代受苦の枯向日葵

どうかして生きたい水母くつがへる

片脚の蟻くるくると回りをり

喪ひて銀河の瓦礫踏惑ふ

降りやまぬ蝶の鱗粉首の紐

陸《くが》覆ふ葛燎原の火のやうに

夏の果波間埋むる白き羽根

# 流離

二十七句

月明や賽の河原の蒼き鬼

強ひられて離れたる村月見草

水引やぽつりぽつりと語り初む

すすきに穂やうやく出でし涙かな

鰯雲声にならざるこゑのあり

彼岸花全く足らぬまだ足らぬ

水引のどこまでも手を伸ばしくる

柿ばかり灯れる村となりにけり

何もかも見てきて澄める秋刀魚かな

# 穴といふ穴に人間石榴の実

蟷螂の脚透けてゐる玻璃の窓

死にもせぬ芒の海に入りにけり

曼珠沙華残りの弦で演奏す

半身の沈みしままや十三夜

鮭は目を啄まれつつ産みにけり

廃屋の影そのままに移る月

蜘蛛逝きぬ己の糸の揺り籠に

栗が実を吐いて腸晒しをり

祈りつつ澄みゆく鏡十三夜

亡き人となりゆく霧の深さかな

ばあちゃんの目袋色の吊し柿

狛犬の向合はぬなか銀杏散る

鰯雲胸幾たびも潰れけり

幾万の棺のための雪螢

小鳥来るきのふは番ひけふ一羽

迷ひなく来る綿虫は君なのか

雁渡るかの人の声零しつつ

# 雪鋳

二十九句

風花や悲しみに根の無かりけり

葉牡丹の大きな渦に巻き込まる

生きるとは無数の小枝枯峠

倒れたるお地蔵霜を召されけり

浜千鳥鉄路は海へ続きゆく

かいつぶり胸白くして還りけり

雪が降るここが何処かも分からずに

# 太々と無住の村の青氷柱

酔ひて罵る霜のホームの全員を

霜の声つひに戻らぬ海の民

雲赤し蝦夷《えみし》鎮めの雪なれば

冬北斗死して一本松立てり

凍りきるまでを濁れる冬の川

クリスマス無数の雪が抱きにくる

白鳥の祈りの胸をひらきけり

山駆くる脂の淡し兎汁

極月や錆浮いてゐる塩の釜

釜石は骨ばかりなり凧《いかのぼり》

譲りあひ席の生まるる鰤大根

追善の笛切れぎれに寒の雨

松島の雪の貼交ぜ屛風かな

喉に当てし氷柱を握る力かな

なんて顔してゐるんだよ寒卵

死を前に連綿と雪さらに雪

寒夜坐す見ぬ世の人を友として

じょいじょいと堅雪渡る葬の列

地吹雪の奥浄瑠璃となりにけり

白鳥の恋の水輪を交はしけり

寒昴たれも誰かのただひとり

# 真夜の雛

二十一句

今生のことしのけふのこの芽吹

繰りかへす過ちに春巡りきし

海猫《ごめ》交《さか》る狂人喚《をめ》く欄干に

巌深く抱いて根を張る新樹かな

廃校の校歌に海を讃へけり

節分や生きて息濃き鬼の面

春の海髪一本も見つからぬ

三月や遺影は眼逸らさざる

春光の揺らぎにも君風にも君

浜いまもふたつの時間つばくらめ

ふるさとは見知らぬ町よ雛まつり

半眼に雛《ひひな》を並べゆく狂女

亡き娘らの真夜来て遊ぶ雛まつり

なぜみちのくなぜ三・一一なぜに君

桜貝海のことばはあの日棄つ

春の虹もう疲れたと入りし海

# 三・一一　背《そびら》に満ちてくる潮

何処までも葉脈の街鳥帰る

この春の月幾たびも満ちんとす

ふるさとを取り戻しゆく桜かな

花びらを溜むるところもなかりけり

# 月虹

十四句

栗の花即身仏の濡るる唇

しばらくは尾に命ある山女かな

星祭舳先ばかりとなりにけり

天の川漂流船の錆深く

虹の骨泥の中より拾ひけり

# 狂ほしく青捲きあぐる釜石線

虹忽とうねり龍宮行きの舟

朝の虹さうやつてまたゐなくなる

白樺のうしろでゼロになつてゐる

夏草の真つ只中の門扉かな

朝顔の遥かなものへ捲かんとす

# 半夏生時はさらさらとは往かず

片虹のそれでもすべて見えてゐる

月虹の弧を黄泉《くわうせん》へ継ぎにけり

句集　龍宮　畢

## あとがき

句集『龍宮』は、私の四年ぶりの第五句集です。何事もなければこの句集には、二〇〇八年春以降の作品の中から選んだ句を収める予定でした。ところが、転勤により暮らしていた釜石市で東日本大震災に遭遇し、被災したことで、私の精神世界は激しく揺さぶられ、ひたすら生と死を見つめる日々を送ることとなりました。以来、人の死に寄り添い、祈り、感謝する日々のなかから生まれ出た句を柱に据え、未熟ながらも一人の人間として、津波による無念の死を迎えざるを得なかった数多くの方々への鎮魂の思いを込めて、この一集を編むことを決意いたしました。

手元のメモや日記により、震災時の様子を振り返ってみます。

二〇一一年三月十一日、地震の前兆の不吉な地鳴り。まるで数千の狂った悪魔が地面を踏みならしているかのよう。地鳴りに続く凶暴な揺れ。ここで死ぬのか。次第に雪がちらついてきた。数十秒ごとに襲う激しい余震、そして誰かの悲鳴。避難所となった体育館は底冷えがする。大音量のラジオから流れてくる信じ難い津波被害と死者の数。スプリングコートをはおっただけの身体をさする。誰かが灯してくれた蠟燭の揺らめきをぼんやり眺める。それにしても今夜の星空は美しい。怖いくらい澄みきっている。何か大きな代償を払うことなしには仰ぐことが叶わないような満天の星。このまま吸い込まれていってしまいたい。オリオン座が躍りかかってくる。鋭利な三日月はまるで神だ。

避難所で迎えた三日目の朝、差し入れられた新聞の一面トップに「福島原発放射能漏れ」という黒い喪の見出しと信じ難い写真。ああだめだ、もう何もかも終わりだ。こうしてはいられない。避難所を出、釜石港から歩いて数分の、坂の中腹にある我がアパートを目指す。てらてら光る津波泥や潮の腐乱臭。近所の知人の家の二階に車や舟が刺さっている、消防車が二台積み重なっている、泥塗れのグランドピアノが道を塞いでいる、赤ん坊の写真が泥に貼り付いている、身長の三倍はある瓦礫の山をいくつか乗り越えるとそこが私のアパートだ。泥の中に玉葱がいくつか埋まっている。避難所にいる数百人のうな垂れた姿が頭をよぎる。その泥塗れの玉葱を拾う。避難所の今晩の汁に刻み入れよう。

戦争よりひどいと呟きながら歩き廻る老人。排水溝など様々な溝や穴から亡骸が引き上げられる。赤子を抱き胎児の形の母親、瓦礫から這い出ようともがく形の亡骸、木に刺さり折れ曲がった亡骸、泥人形のごとく運ばれていく亡骸、もはや人間の形を留めていない亡骸。これは夢なのか？　この世に神はいないのか？

このような極限状況の中で、私が辛うじて正気を保つことができたのは、多分俳句の「虚」のお陰でした。私には、長年俳句の「虚実」と向き合ってきた積み重ねがありました。加えて、師である加藤楸邨先生が試みられたように、私もシルクロードを初めとする世界の辺境を歩き、日本とは異質な風土を俳句に詠むという鍛錬も積み重ねてきておりました。震災後の混乱と混沌のなか、自分自身すら見失いかけていた私は、自らの「本当の物語」を再構築し、「本当の自分」を捉え直す必要を強く感じました。その時、私を助け、救い、導いてくれたのが俳句でした。辛く悲惨な経験も、時間の経過とともに夾雑物が取り除かれ、いつしか俳句に昇華していきました。この『龍宮』を纏める前に私は、ホチキス留めの手作りの震災鎮魂句集『釜石①』と『釜石②』を制作し、ご支援いただいている方々にお配りしました。

死は免れましたが、地獄を見ました。震災から一年半、ここ被災地釜石では何ひとつ終わっていないし、何ひとつ始まっていないように思われます。いまだ渦中にあります。しかし、生きてさえいれば、何とでもなる、そしてどんな夢も叶えられると信じています。

今後とも一層思索を深め、俳句表現の道に一途に精進して参りたいと念じております。そのことが、運良くこの世に生かされて在る私にできる精一杯のことだとも思われます。

この句集を上梓するにあたり、たくさんの方々に応援をいただきました。手製の句集だけで満足していた私に、「なるべく近いうちに、きちんとした句集に纏めなさいね」と実に多くの方々からアドバイスをいただきました。心よりお礼申し上げます。本当にありがとうございました。

二〇一二年九月　震災から一年半　月の輝く釜石にて

照井　翠

# 解説　震災句――その震撼と共感

池澤　夏樹（作家）

ふだんの読書習慣の中に句集は入っていない。小説読みにとって俳句は隣の町という感じか。一駅は電車に乗る覚悟が要る。

それでも、この何年かで少しわかるようになった。句を読んで共感に似た思いを持つことが多くなった。短歌は人間を捕らえてドラマの中に立たせるが、俳句は感情をさらりとスケッチして、すぐにまた野に放す。瞬間の接触というところ。

こんなことを言うと叱られるかもしれない。なんと言っても自分では詠まない身で、せいぜい友人が苦吟しているのを横目で見て「大変だね」と言っているだけなのだから。

それが、一冊の句集に震撼させられた。心底まいった、という感じ。

句集は『龍宮』（照井翠　角川書店〈初版・単行本〉）。

詠み手は釜石で震災・津波を経験している。しかし本を開くまでぼくはそのことを知らなかった。ぱらっと開いたところにあったのがこの一句――

一切を放下の海や桜散る

これは、と思ってページを繰る。一ページに一句。それが雪つぶてのようにがんがんぶつかってくる。正座して読み進めて、しばらく逃れられなかった。引用しだせばきりがないところを抑えて抑えて、それでも――

喪へばうしなふほどに降る雪よ
春の星こんなに人が死んだのか
顔を拭くタオルに雪を集めけり
なぜ生きるこれだけ神に叱られて
毛布被り孤島となりて泣きにけり
津波引き女雛ばかりとなりにけり

冥土にて咲け泥中のしら梅よ
一列に五体投地の土葬かな
花の屑母の指紋を探しをり
卒業す泉下にはいと返事して

感情を揺すぶられてどうしようもなくなった。人はたった十七文字を前にして取り乱すこともあるのだと知った。

これにはぼくと東北・震災・津波の関わりも影響している。直後、身内の身を案じ（無事だったが）、友人の母の死を悼み、たくさんの人が亡くなったことにとまどい、浸水域を墓地に見立てた墓参のように何度となく通った。

原発については理性的に発言できるが死者たちのことはどう考えていいかわからない。波が引いた後の惨憺たる光景は見ても遺体を見はしなかった。自分の体験は四月七日の（三・一一の後ではいちばん大きかった）余震だけなのだ。

文学に携わる者として、あのような出来事を文学はどうやって作品化するのかとずっと考えてきた。自分も含めてたくさんの文学者が三・一一と格闘している。恐怖と戦慄・激情・喪失感、はたまた時を経た後でもまだ残る喪失感と悲哀の思いは文字にできるのか。強調の副詞ばかりをハデに立てても遠くの者には伝わらない。余る思いを容れるにはしかるべき器が要る。

それが、この人の場合は俳句だった。

もともと俳句は激情には向かないはずだ。俳味とは淡いもので、ある程度の諧謔を含んだもので（俳諧の「諧」の字）、お手本は例えば久保田万太郎の「湯豆腐やいのちのはてのうすあかり」なのだ。

激情を好まない、という自覚もある。だから短歌の濃厚さに時としてたじろぐ。河野裕子は本当にすごい。けれど、辞世の「手をのべてあなたとあなたに触れたきに息がたりないこの世の息が」を前にすると生々しさに困惑が先に来る。見てはいけないものを見てしまったような。

しかし、この照井翠の、東北受難の句には強く惹かれるのだ。この中のいくつかを多分ぼくは暗記してしまうだろう。憑かれるだろう。それは共有するものがあったからだろうか。

時を経るにつれて悲哀は薄れるか。輪郭はぼやけても重さは変わらないという気がする。彼の地の人たちはその重さを負って生きていくのだ。

寒昴たれも誰かのただひとり
今生のことしのけふのこの芽吹
春の海髪一本も見つからぬ
亡き娘らの真夜来て遊ぶ雛まつり

初出　「週刊文春」二〇一二年十二月二十七日号「私の読書日記」

# 解説　『龍宮』の威力

玄侑　宗久（作家）

　俳句について、何ほどのことを知っているわけでもない私だが、それが落語と同じように、日本人への信頼を前提にした表現形式であることはわかる。たとえば芭蕉の「古池や〜」の句でも、蛙が池に飛び込んだことはわかるが、「それがどうしたの？」と訊かれたら、おそらく作者とて絶句したまま答えられないのではないか。間違いないのは、落語のように鑑賞者が話者を信頼し、話者（あるいは作者）じしんの感動に少しでも近づこうと、想像力を最大限に膨らませようとするのが俳句であり、作者はそのことを前提に作句している、ということである。

　むろん小説もそうなのだが、鑑賞者の想像力に依存する度合いからすれば、俳句は落語や小説を遙かに超える。それがなければ完成しない形式と言えるかもしれない。

そんな形式に、しかし照井さんはいったいどうしてこの東日本大震災を託すことができたのだろう。

むろんそのような問いの立て方じたい、おかしいと考える立場もある。表現の形など、そう簡単に選べるものではなく、照井さんにとっては倒れそうな状態で手近にあった杖が俳句だった。それは長年使い込んだ筋金入りの頑丈な杖で、とにかくそれを摑むしかなかった。そういうことなのかもしれない。

しかし一方で、たとえば照井さん自身は無意識だとしても、そこでは明らかに、それでも人々の鑑賞眼、いや想像力を信じつづけることが選ばれた、とも言えるのではないか。そして私の場合、とても想像力の追いつかない現実を句の背後に感じるたび、信頼を裏切るような負い目を感じてしまうのである。

朧夜の首が体を呼んでをり
気の狂《ふ》れし人笑ひゐる春の橋
ほととぎす最後は空があるお前

釜石に住む照井さんの体験した津波被害の凄惨さは、これだけでも充分だろう。三つの句を勝手に合わせ、私は現実以上の場面を想像してみようとするが、それがまっとうな鑑賞にならないことはわかっている。

しかし俳句という表現形式のせいなのか、私にはまっとうな鑑賞、正当な想像力とは何なのか、やがてわからなくなる。一句を前に一時間も想像を膨らませることもあれば、どうしても入り込めないまま、お経を唱えるしかないと思うこともあった。

御仏の合掌の泥拭ひけり

三・一一神はゐないかとても小さい

神も仏も無力をさらし、木彫の仏は人間に泥を拭ってもらい、慰められてさえいる。また「なぜ生きるこれだけ神に叱られて」という西洋の神への視点は、生き残った苦悩を増加させるばかりではないか。

それでも時に、照井さんはなんとか自分を立て直す視点を作句のなかで探っていく。

いま母は龍宮城の白芙蓉

虹忽とうねり龍宮行きの舟

「いい人ほど虹を渡っていつた」という句もあるから、きっと海にかかる虹の真下に、龍宮はあるのだろう。白芙蓉がどんな状況で咲いているのか、私には想像がつかないのだが、それは亡き母と言われる人のやわらかく静謐な笑顔を想わせる。

龍が自然の象徴であるなら、すべては自然のなせるわざ。そう思えば納得できるだろうか。たしかにこの本に描かれたのは、これまでの不自然まで含めた広大な自然であるに違いない。しかし『龍宮』には、そんなイメージに収まらない照井さんの自然が溢れている。

照井さんは今、俳句によってかろうじて人間界につながっているが、もはや鯛やヒラメは寄せ付けない、一匹の龍なのだ。

初出　「本の旅人」二〇一三年十一月号（角川書店）

# 文庫版あとがき

あの震災から、十年が経つ。

震災当夜、避難所の外で仰いだ星空の美しさは、終生忘れることはないだろう。

タンザニアのンゴロンゴロでも、モンゴルの草原でも満天の星を仰いだ。

しかし、あの、闇の部分がほとんどなく、空一面星で埋め尽くされている景は、あの夜だけだ。

人智の及ばない神秘的領域が、この世にはある。地震、津波、そして星空。

震災鎮魂句集として上梓した『龍宮』は絶版になった。ずっと、寂しかった。

この度、コールサック社様が、文庫版として再び世に送り出してくださった。

しかも、池澤夏樹様、玄侑宗久様の有り難い御文章も収めることができた。

あの時、できないことだらけの中で、できることを考え、生きていた。

十年が経ち、また異なる状況で、できないことや脆さを抱えている。

だからこそ、未来を準備しよう。内なる星空を、もっと輝かせよう。

二〇二〇年　十三夜　月下に白鳥の声を聴きつつ　照井　翠

## 著者略歴

# 照井　翠（てるい　みどり）

昭和37年　岩手県花巻市生まれ。
平成2年　「寒雷」入会。以後、加藤楸邨に師事。
　　　　　「草笛」入会。
平成5年　「草笛」同人。
平成8年　「草笛新人賞」受賞。「寒雷」暖響会会員（同人）。
平成13年　「草笛賞」優秀賞受賞。
平成14年　「第20回現代俳句新人賞」（現代俳句協会）受賞。
平成15年　「遠野市教育文化特別奨励賞」（遠野市教育文化振興財団）受賞。
平成25年　第5句集『龍宮』により「第12回俳句四季大賞」および「第68回現代俳句協会賞特別賞」を受賞。
令和元年　エッセイ集『釜石の風』により「第15回日本詩歌句随筆評論大賞　随筆評論部門奨励賞」を受賞。

［著書］　句集『針の峰』『水恋宮』『翡翠楼』『雪浄土』『龍宮』
　　　　　エッセイ集『釜石の風』
［共著］　『鑑賞 女性俳句の世界』三、加藤知世子論執筆。
　　　　　『文学における宗教と民族をめぐる問い』
　　　　　『東日本大震災　震災鎮魂句』（エスペラント語併記）

現代俳句協会・日本文藝家協会・日本ペンクラブ各会員。
俳誌「暖響」「草笛」同人。

石炭袋


照井翠 句集 文庫新装版　龍宮

2021年1月11日初版発行
著　者　照井　翠
編集・発行者　鈴木比佐雄
発行所　株式会社 コールサック社
〒173-0004　東京都板橋区板橋 2-63-4-209
電話 03-5944-3258　FAX 03-5944-3238
suzuki@coal-sack.com　http://www.coal-sack.com
郵便振替　00180-4-741802
印刷管理　（株）コールサック社　制作部

装幀　松本菜央　　カバー写真　照井翠

落丁本・乱丁本はお取り替えいたします。
ISBN978-4-86435-463-9　C0192　￥1000E